ふしぎな

つうがくろ

花里《はなざと》真希《まき》●さく　石井《いしい》聖岳《きよたか》●え

講談社

1　竹《たけ》の子《こ》

ひろとが　一年生《いちねんせい》に　なって、一《いっ》しゅうかんが
たちました。
「いってらっしゃい。」
おかあさんが、げんかんで　ひろとを　みおくります。
「いって　きまーす。」
ひろとは、家《いえ》の　まえの　ほそい　道《みち》を　あるいて
いきました。お寺《てら》の　いけがきに　そって　あるいて
いきます。

ひろとは、きのうまで、おかあさんと　いっしょに、とうこうはんの　しゅうごうばしょに　いって　いました。でも、きょうからは、ひとりで　しゅうごうばしょに　いきます。

ほんとうは、ひろとは、学校《がっこう》にも　ひとりで　いけます。大《おお》きい　子《こ》の　おせわなんて、いりません。

でも、とうこうはんで　しゅうだんとうこうすると　いう　きまりに　なって　いるのですから、しかたが　ありません。

とうこうはんの　しゅうごうばしょは、お寺《てら》の　まえです。お寺《てら》の　まえは、すぐ　そこですが、ひとりで

あるいて　いくのは　やっぱり
いい　気分《きぶん》です。
ひろとは、たいそうふくの　入《はい》った
ふくろを　ぶんぶんと　ふりまわして
あるきました。
すると、いきおいが　つきすぎて、
ひろとの　手《て》から　ふくろが
ぱっと　はなれて
しまいました。
「あっ！」

ふくろは、お寺《てら》の　よこの　竹林《たけばやし》の　中《なか》に　とんで
いきました。竹《たけ》の　はっぱが、さわさわっと　こすれる
音《おと》が　します。
ひろとは、竹林《たけばやし》の　中《なか》を　のぞきました。
カーテンを　しめたみたいに、ちょっとだけ　くらいです。
みどりの　まっすぐな　竹《たけ》が、いくつも　のびて　いて、
じめんは、きいろい　竹《たけ》の　はっぱで　おおわれて
いました。ところどころ、ちゃいろい　竹《たけ》の子《こ》が
あたまを　出《だ》して　いるのが　見《み》えます。
でも、たいそうふくの　入《はい》った　ふくろは　見《み》えません。

ひろとは、　いけがきの　やぶれめから、　竹林《たけばやし》の　中《なか》に
入《はい》って　いきました。

ひろとが、竹《たけ》の　はっぱを　ふむ　たびに　ざっざっと
いう　音《おと》が　します。

風《かぜ》に　ふかれて、竹《たけ》が　ざわざわと　ゆれました。

すると、竹《たけ》の　かげに　青《あお》い　ものが　見《み》えました。

たいそうふくの　入《はい》った　ふくろです。

「あった！」

ひろとは、ふくろに　かけよって、手《て》を　のばしました。

その　とき、ふくろが　むくっと　うごきました。

「わっ！」

ひろとは、びっくりして、手《て》を　ひっこめました。

よく　見《み》ると、ふくろの　下《した》に　ちゃいろい
ものが　あります。
竹《たけ》の子《こ》でした。
ふくろが、竹《たけ》の子《こ》に　おされて、ぐぐっと
せりあがって　きます。

竹《たけ》の子《こ》は、ふくろを　先《さき》っぽに　ひっかけた　まま、
ずんずん　ずんずん　のびて　いきます。
ひろとが、ぽかんと　口《くち》を　あけて　いる　あいだに、
竹《たけ》の子《こ》は　みるみる　のびて、竹《たけ》に　なって　しまいました。
もう、ひろとが　ジャンプしても、ふくろに　手《て》は
とどきません。
「よし、それなら　のぼって　やる！」
ひろとは、ランドセルを　おろし、くつと　くつしたを
ぬぎました。そして、ぺっぺっと　りょうてに　つばを
かけて、竹《たけ》を　がっちりと　つかみました。

ひろとは、竹《たけ》のぼりが　とくいでした。
ひろとの　かよって　いた　ほいくえんには、
竹《たけ》のぼり用《よう》の　竹《たけ》が　そなえつけて　あって、ひろとは、
まいにちのように　竹《たけ》に　のぼって　いたのです。

「らくしょう、らくしょう！」

　そう　いって、ひろとは　竹《たけ》に　のぼりはじめました。

　ところが、竹林《たけばやし》に　はえて　いる　竹《たけ》は、竹《たけ》のぼり用《よう》の竹《たけ》とは、ちょっと　ちがいました。上《うえ》に　いけば　いくほど、竹《たけ》が　しなって　くるのです。

　気《き》が　つけば、ひろとは、しなった　竹《たけ》になまけもののように　ぶらさがって　いました。

それでも、なんとか、あと　ちょっとで、
ふくろに　手《て》が　とどきそうな　ところまで　きました。
ひろとが、ぐっと　手《て》を　のばします。
その　ときです。
「あっ！」
ひろとは　バランスを
くずして、竹《たけ》から
おちて　しまいました。
おちたと　いっても、
竹《たけ》が　しなって　いたので、

じめんから　ちょっとの　ところからです。それに、じめんを　おおって　いた　竹《たけ》の　はっぱが　クッションになって、ひろとが　けがを　する　ことはありませんでした。

もんだいは、竹《たけ》に　ひっかかって　いたふくろの　ほうです。

しなって　いた　竹《たけ》は、ひろとの　おもみが　なくなると、いきおいよく　もとに　もどろうと　しました。

その　とき、竹《たけ》に　ひっかかって　いた　ふくろが、はじきとばされたのです。

びゅーん！
ふくろは　竹林《たけばやし》を　とびだし、
お寺《てら》の　やねを　こえて、
おもてに　むかって　とんで　いきました。

「まって！」
ひろとは、はしって　ふくろを　おいかけました。
お寺《てら》の　門《もん》の　まえでは、とうこうはんの　みんなが
あつまって　いました。
「ぼくの　たいそうふく！」
ひろとが、大《おお》きな　声《こえ》を　出《だ》して　はしって　きます。
とうこうはんの　みんなは、びっくりして
ひろとを　見《み》ました。

「たいそうふく？」
四年生《よねんせい》の　みはるが、ききます。
「うん、あそこ！」
ひろとが　お寺《てら》の　門《もん》の　上《うえ》を　ゆびさすと、
みんなが　そっちを　見《み》ました。
青《あお》い　ふくろが、こちらに　むかって　とんで　きます。
五年生《ごねんせい》の　けいたが、
「よーし、おれが　キャッチして　やる！」
と、りょうてを　たかく　あげました。
けいたは、サッカークラブで　ゴールキーパーを

して　いきます。とんで　くる
ものを　キャッチするのは
とくいなのです。
「オーライ、オーライ！」
けいたは、とんで　くる
ふくろに　あわせて、
まえに　いったり、
よこに　いったり、
ちょこちょこと
うごきました。

そして、けいたが　ぴたっと　足《あし》を　とめると、
そこに　ふくろが　とんで　きました。
バシッ！
けいたは、みごとに　ふくろを　うけとめました。

「ナイス　キャッチ！」

三年生《さんねんせい》の　じゅんやが　手《て》を　たたきます。

けいたは、にっと　わらって、

「ほら。」

と、ひろとに　たいそうふくの　入《はい》った　青《あお》い　ふくろを

わたしました。

「ありがとう。」

「ひろくん、はだしだね。くつは　どう　したの？」

六年生《ろくねんせい》の　かんなが、ひろとの　足《あし》もとを　見《み》て

いいました。

「あ、わすれた。」

「ランドセルも？」

みはるも　ききます。

「うん。」

「なんで、くつとか　ランドセルとか　わすれるの？」

じゅんやが　そう　いったら、みんなが　わらいました。

ひろとの　かおが　赤《あか》く　なります。

けいたは、ぽんと　ひろとの　せなかを　たたいて、

「まだ、じかんが　あるから、とりに　いったら　いいよ。

家《いえ》まで　いっしょに　いこうか？」

と　いいました。

「家《いえ》じゃ　なくて、竹林《たけばやし》。」

「竹林《たけばやし》？」

「うん。」

「竹林《たけばやし》で　なんか　あったの？」

「たいそうふくの　ふくろが　とんでって、竹《たけ》の子《こ》が
ぐいーんって　のびた。」

「おもしろそうだな。よし、竹林《たけばやし》に　いこう。」

ひろとは、けいたと　いっしょに　竹林《たけばやし》に　もどって
いきました。

2　せみ

もう　すぐ　夏休《なつやす》みです。

このごろ、ひろとは、朝《あさ》　早《はや》くに　目《め》を　さまします。

なんだか、わくわくして、いつまでも　ねていられないのです。

きょうも、六《ろく》じに　目《め》が　さめました。

ひろとは、学校《がっこう》に　いく　したくを　すると、すぐにお寺《てら》の　まえの　しゅうごうばしょに　いきました。

しゅうごうばしょには、まだ　だれも　きていませんでした。
お寺《てら》の　けいだいで、せみが　ないて　います。
ひろとは、みんなが　くるまで、せみの　ぬけがらを
あつめる　ことに　しました。
かねつきどうの　よこの　大《おお》きな　木《き》の　ところに
いくと、ねもとに　ぼこぼこと　あなが　あいて　いました。
せみの　ようちゅうが、土《つち》から　出《で》て　きた　ときに
できた　あなに　ちがい　ありません。
木《き》の　みきを　見《み》て　みると、おもった　とおり、
せみの　ぬけがらが　いっぱい　くっついて　いました。

おもしろいのは、ぬけがらの　くっついて　いるばしょです。木《き》の　みきに、たすきを　かけたようにななめに　ならんで　くっついて　いました。みきを　ぐるぐると　まわりながら　のぼって　いくれっしゃのようにも　見《み》えます。ようせいが　つかうかいだんのようにも　見《み》えます。

ひろとは、せみの　ぬけがらを下《した》から　たどって　いきました。

すると、木《き》の　みきのうらがわの、

ぬけがられっしゃの
せんとうに、
きらきら
ひかる　ものが
ありました。

それは、ガラスのように　すきとおった　せみでした。
うっすら　みどりいろを　して　います。

その　せみに、朝日《あさひ》が　あたって、きらきらと
ひかって　見《み》えたのでした。

「きれいだなあ。」

ひろとは、その　せみに　さわって　みたいと
おもいました。

ひろとが　そっと　せみに　手《て》を　のばします。

その　とき、

「さわるで　ないっ！」

と　いう　声《こえ》が、あたりに　ひびきました。

ひろとの　手《て》が　なにかに　はじかれ、はずみで、
うしろに　ひっくりかえりそうに　なりました。ひろとは、
うでを　ぐるぐる　まわして、なんとか　体《からだ》を
おこしました。

ほっと　いきを　はいた　あと、ひろとは
足《あし》もとを　見《み》て、ぞくっとしました。
いつの　まにか、ひろとは、
大《おお》きな　せみの　ぬけがらの
上《うえ》に　たって　いたのです。
せみの　ぬけがらの
はるか　下《した》には、木《き》の
ねもとが　かすんで　見《み》えました。
どういう　わけか、ひろとの　体《からだ》は
小《ちい》さく　なって　しまったみたいです。

ひろとは、わけが　わからず、きょろきょろと
まわりを　見《み》ました。
そして、よこを　見《み》た　とき、ひろとの　しんぞうは
とまりそうに　なりました。
ひろとと　おなじくらいの　大《おお》きさの、みどりいろの
せみが、木《き》に　くっついて　いたからです。
大《おお》きな　みどりいろの　せみは、
まるで　うちゅうじんのようでした。
すごく　こわいのに、目《め》を　はなす
ことが　できません。

目《め》を　はなした　すきに、ひろとの
ところに　とんで　きたら　いやだからです。
せみの　ぬけがらの　上《うえ》に　たって
いるので、にげる　わけにも　いかないし、ひろとは、ただ、
じっと　大《おお》きな　みどりいろの　せみを　見《み》て　いました。
大《おお》きな　みどりいろの　せみは、ひろとが　よこに
いる　ことに　気《き》が　ついて　いないのか、それとも
ねて　いるのか、まったく　うごきませんでした。
うごかないと　わかると、ひろとは　すこし
ほっとしました。

おちついて　見《み》て　みると、みどりいろの　せみは、
やっぱり　きれいです。ただ、ちょっと　大《おお》きいだけ。
羽《はね》なんて、まるで　レースの　ドレスのようです。
さわった　かんじも、レースみたいなのでしょうか。
ひろとは、体《からだ》を　せみに　よせて、手《て》を　のばしました。
すると、ひろとの　あたまの　上《うえ》で、さっきと
おなじ　声《こえ》が　しました。
「さわるで　ないっ！」
ひろとは、体《からだ》を　せみに　よせた　まま、上《うえ》を　見《み》ました。
だれも　いません。

それでも、あたまの　上《うえ》から　声《こえ》が　ふって　きます。

「その　みどりの　せみは、とても　とうとい
ものなのだ。だが、人間《にんげん》が　さわると、しんで　しまう。

だから、さわるで　ないよ。」

ひろとが　こわくて、うごけないで　いると、

「さわるで　ないよ、さわるで　ないよ。」

と　いう　声《こえ》が　どんどん　ちかづいて　きました。

ひろとが、

「わ、わかったよ、さわらない。」

と、手《て》を　ひっこめた　とき、

「ひろくん。」

と、うしろから　かたを　つかまれました。
「ひゃあっ！」
ふりかえると　みはるが　いました。
みはるは、じめんに　足《あし》を　つけて　たって　います。
木《き》の　みきを　見《み》て　みると、みどりいろの　せみも、
せみの　ぬけがらも、もとの　大《おお》きさに　もどって
いました。
ひろとも、もとの　大《おお》きさに　もどったようです。

「しゅっぱつの　じかんだよ。さっきから　よんでるのに、
木《き》の　まえで　たった　まま、うごかないんだもん。
ねえ、なに　見《み》てたの？」
みはるが、木《き》の　みきを　のぞきこみます。
「あ、羽化《うか》したばかりの　せみだ。
さわったら　だめだからね。」
「うん。しってる。」
「きれいだね。ようせいみたい。
目《め》も　しずくが
くっついてるみたいで

かわいいの。ほら、この
りょうはしの　目《め》で　ものを
見《み》て、この　まんなかの
三《みっ》つの　小《ちい》さい　目《め》で
ひかりを　かんじるんだよ。」
「へえ。みはるちゃん、
せみの　こと　よく　しってるね。」
「うん。きょねん、夏休《なつやす》みの
じゆうけんきゅうで　せみの　こと　しらべたからね。
せみの　出《で》て　くる　むかしばなしも　しらべたんだよ。」

「せみが　出《で》て　くる　はなしなんて　あるの？」

「あるよ。むかし、男《おとこ》の子《こ》が、みどりの　せみを　つかまえたんだけど、みどりの　せみって、せみの　王子《おうじ》さまなのね。だいじな　王子《おうじ》さまを　人間《にんげん》なんかが　さわっちゃった　ものだから、せみの　王《おう》さまが　おこって、その　男《おとこ》の子《こ》を　せみに　しちゃうんだ。」

「え？」

「おーい、みはるちゃんと　ひろくん、早《はや》く　こないと　おいてくよー。」

六年生《ろくねんせい》の　かんなが、ふたりを　よびました。

「はーい!」
みはると　ひろとは、みんなの　ところに　はしりました。
はしりながら、ひろとは　かんがえました。
(もし、ぼくが、みどりの　せみに
さわって　いたら……、
もし、みはるちゃんが
ぼくを　よびに　きて
くれなかったら……。)
夏《なつ》だと　いうのに、ひろとの
体《からだ》が、ぶるっと　ふるえました。

3　おちば

「いって　きます。」
ひろとが　げんかんの　ドアを　あけました。
空気《くうき》が　ひんやりして　います。
お寺《てら》の　いけがきも、赤《あか》く　そまって、
すっかり　秋《あき》の　ようすです。
ひろとが　しゅうごうばしょに　つくと、
お寺《てら》の　けいだいから　シャッシャッと　いう　音《おと》が
きこえて　きました。

ひろとは、門《もん》から　けいだいを　のぞきました。
六年生《ろくねんせい》の　かんなが、竹《たけ》ぼうきで　おちばを
はいて　います。

かんなの　おとうさんは、この　お寺《てら》の
じゅうしょくです。かんなは、
おとうさんに、
しゅうごうじかんまで　おちばを
はくように
いわれたのかも　しれません。

「かんなちゃん、おはよう。」

「おはよう、ひろくん。もう、じかん？　ごみぶくろを
とって　こなくちゃ。」
かんなは、ちかくの　木《き》に　竹《たけ》ぼうきを　たてかけました。
その　木《き》の　下《した》に、どんぐりが　たくさん
おちて　いました。
「あっ、どんぐり！　すごーい、いっぱい　ある！」
ひろとが、しゃがんで　どんぐりを
ひろいはじめます。
かんなは、
「ひろくん、あつめた　おちばに

とびこんだり　したら、だめだからね。」
と　いうと、ものおきに　はしって　いきました。
それまで、ひろとは、おちばに　とびこむなんて
おもいも　しませんでした。
でも、そんな　ことを　いわれたら、どう　したって、
おちばに　とびこむ　ことを　かんがえて　しまいます。
ひろとは、かんなの　あつめた　おちばを　見《み》ました。
おちばが　かさなって、ひろとの　ひざくらいの
たかさの　山《やま》に　なって　います。赤《あか》や　きいろの
いろんな　かたちの　はっぱが、とても　にぎやかです。

おちばの　山《やま》を　見《み》て　いる　うちに、ひろとは
どうしても　そこに　とびこんで　みたく　なりました。
ひろとは、ひろった　どんぐりを　ズボンの　ポケットに
入《い》れました。それから、ランドセルを　おろすと、手《て》を
まえに　出《だ》して、とびこむ　かまえを　しました。
ひろとは、いきを　大《おお》きく　すって、
「せえのっ！」
と　おちばの　山《やま》に　とびこみました。
　バサッ！
おちばが、あたりに　ちらばります。

ひろとが　体《からだ》を　うごかす　たびに、
ガサゴソと　おちばが　音《おと》を
たてました。
ひろとは、大《おお》はしゃぎで　おちばの
中《なか》を　およぐ　まねを　しました。
もう、〈おちばの　山《やま》〉では　なくて、
〈おちばの　海《うみ》〉です。
しばらく　およぐ　まねを　して　いたら、
ほんとうに　海《うみ》で　およいだ　あとのように
体《からだ》が　だるく　なって　きました。

ひろとは、おちばの　上《うえ》に　ねころがって、
ふかく　いきを　すいこみました。
土《つち》の　においが　します。
空《そら》には、ひつじのような　ふわふわした　小《ちい》さな
くもが　いっぱい　うかんで　いました。
とても　いい　気分《きぶん》です。
なんだか、とろんとして　きて、ひろとは、
目《め》を　とじました。
その　とき、へんな　かんじが　しました。
体《からだ》が　じわじわと　はっぱの　下《した》に　しずんで　いくような

かんじです。
ひろとは、ぱっと　目《め》を　あけました。
それから、手《て》を　ついて　おきあがろうと　しましたが、
その　手《て》が、ずぶずぶと　おちばの　中《なか》に　めりこんで
いきます。

ひろとは、びっくりして、足《あし》を　ばたばたさせました。
でも、足《あし》を　ばたばたさせれば　させるほど、
体《からだ》は　おちばの　下《した》に　しずんで　いきました。
おちばに　口《くち》を　おおわれて、声《こえ》を　出《だ》す　ことも
できません。

とうとう、ひろとは、つまさきから　あたまの
てっぺんまで、おちばの　中《なか》に　うもれて　しまいました。
気《き》が　つくと、ひろとは　海《うみ》の　中《なか》に　いました。くらげ
みたいに、ふわふわと　海《うみ》の　中《なか》を　ただよって　います。
ひろとは、みなもを　見上《みあ》げました。赤《あか》や　きいろの

はっぱが　ういて　います。はっぱから　ひかりが　すけて、
まるで　ステンドグラスのようです。

ひろとの　あたまの　上《うえ》を、魚《さかな》の　むれが　およいで
いきました。うろこに　ひかりが　あたって
きらきらして　います。
（きれいだなあ。）
ひろとが　うっとりして　いたら、一《いっ》ぴきの　魚《さかな》が、
ひろとに　むかって　およいで　きました。
すると、ほかの　魚《さかな》たちも
ひろとの　ほうに　やって　きます。
魚《さかな》たちが、ひろとの　ズボンの
ポケットを　つつきました。

（なんだろう？）
ポケットに
手《て》を　入《い》れると、
さっき　ひろった
どんぐりが　ありました。
ひろとは、ポケットから
どんぐりを　出《だ》しました。
すると、魚《さかな》たちは、
いっせいに　どんぐりを
たべはじめました。

（魚《さかな》って、どんぐりを　たべるのか。）
ひろとは、どんぐりを　たべる　魚《さかな》たちを　おもしろく
見《み》て　いました。
どんぐりを　たべて　しまうと、魚《さかな》たちは、ひろとの
うしろに　まわりました。
（な、なに？）
魚《さかな》たちは、ひろとの　体《からだ》を　下《した》から　つつきます。
魚《さかな》たちに　つつかれる　たびに、ひろとの　体《からだ》は、みなもに
ちかづいて　いきました。
みなもに　ういて　いる　おちばに　手《て》が　とどきそうに

なった　とき、いちばん　大《おお》きな　魚《さかな》が　いきおいを
つけて、ひろとの　体《からだ》を　どーんと　つきあげました。

ひろとは、おちばの　海《うみ》から　おしだされ、ちらばった
おちばの　上《うえ》に　どさっと　たおれこみました。

ひろとが、手《て》を　ついて　体《からだ》を　おこします。
手《て》は　おちばの　中《なか》に　しずんで　いきません。
おちばを　かいて　みても、おちばの　下《した》は　ただの

土《つち》でした。海《うみ》など　どこにも　ありません。
体《からだ》も　ふくも　ぬれてないし、さっきの　海《うみ》は
なんだったんだろう？
ひろとは、くびを　かしげて　おちばを　見《み》て
いると、そこへ、かんなが　もどって　きました。
かんなは、ちらばった　おちばを　見《み》て、
「あーっ、ひろくん、とびこんだの？　だめって
いったのに！」
と、口《くち》を　とがらせました。
「ご、ごめん。」

「かたづけ、てつだって　くれるなら　いいけど。」

かんなが、ひろとに　ごみぶくろを　わたします。

「うん、てつだう。」

ひろとは、おとなしく　おちばを
ごみぶくろに　入《い》れました。

「とびこんで、どうだった？　おちばの　海《うみ》に　いった？」

かんなが、おちばを　竹《たけ》ぼうきで　はきながら　ききます。

「かんなちゃんも　おちばの　海《うみ》に　いった　こと
あるの？」

「うん、あるよ。すごく　気持《きも》ちが　よくて、ながい　こと

ふわふわしてたら、おとうさんが　むかえに
きて　くれたの。あとから、ひとりだったら、
もどれなかったかも　しれないって　おもって、ちょっと
こわく　なっちゃった。だから、ひとりで　とびこんだら
だめだよって　いったんだけど……。ひろくん、
ひとりでも　もどって　こられたね。」
「うん。」
ひろとは、へへっと　わらいました。
ほんとは、どんぐりを　たべた　魚《さかな》に　おしあげて
もらったのですが、それは　いわないで　おきました。

4　しもばしら

ちかごろ、ひろとは、
しゅうごうじかんに　よく　おくれます。
朝《あさ》、目《め》が　さめても、さむくて　ふとんから　なかなか
出《で》られないのです。
きょうも、家《いえ》を　出《で》るのが　おそく　なりました。
そんな　ときは、お寺《てら》の　よこに　ある、ひろとの
おじいちゃんの　はたけを　とおって　いきます。
はたけを　まっすぐ　いけば、お寺《てら》の　いけがきに

そって、ぐるっと　まわって　いくよりも、早《はや》く
しゅうごうばしょに　つくからです。
ひろとが　はたけを　あるくと、ざくっざくっと
音《おと》が　しました。
しもばしらです。

しもばしらを　ふむのが　たのしくて、ひろとは、
わざわざ　しもばしらを　さがして、その　上《うえ》を
あるきました。
ざく、ざく、ざく、ざく。
ひろとが　むちゅうに　なって　しもばしらを
ふんで　いたら、よこから　足《あし》が　のびて　きました。
「えっ？」
ひろとが　びっくりして　いると、しらない　男《おとこ》の子《こ》が、
ひろとが　ふもうと　して　いた　しもばしらを　ふんで
しまいました。

「あー、なんだよ!」

男《おとこ》の子《こ》は、ひろとを　見《み》て、にやっと　わらいました。
ひろとは、男《おとこ》の子《こ》を　じろっと　見《み》ました。
男《おとこ》の子《こ》は、ひろとよりも　ひとつか　ふたつ、
年下《としした》だと　おもいます。さむいのに、ぺらぺらの
ズボンを　はいて　いて、みずいろの　シャツの　上《うえ》には、
うわぎも　はおって　いません。
「へんな　子《こ》。」
ひろとは、ぷいっと　よこを　むいて、ほかに
しもばしらを　さがしました。
ひろとが、しもばしらを　見《み》つけて、ふもうと　します。

すると、また、男《おとこ》の子《こ》が　やって　きて、
その　しもばしらを　ふんで　しまいました。
「もうっ、やめろよ！」
ひろとが　そう　いっても、男《おとこ》の子《こ》は、
にやにやと　わらうだけです。
『やめてと　いっても　やめて
くれない　子《こ》が　いたら、
その　子《こ》から　はなれて
しんこきゅうしなさい』と
おかあさんが　いって　いました。

ひろとは、
しんこきゅうしました。
それから、はなれた　ところに
いって、また、しもばしらを
さがしました。
ところが、また　男《おとこ》の子《こ》が
わりこんで　きて、ひろとより
先《さき》に　しもばしらを　ふんで
しまいます。
「ああ、もう、なんだよ！」

ひろとが　どんなに　おこっても、男《おとこ》の子《こ》は　気《き》にも
とめません。その　あたりに　あった　しもばしらを
ぜんぶ　ふんで　しまいました。
はなれても　おいかけて　くる　ときは、どう　したら
いいのでしょう。
おいつかれないように　したら　いいのです。
ひろとは、はしりだしました。
すると、男《おとこ》の子《こ》も　はしって　ついて　きます。
ひろとが、しもばしらを　見《み》つけて　ふもうと　すると、
男《おとこ》の子《こ》も　足《あし》を　出《だ》して　きます。

でも、こんどは、ひろとが　先《さき》に　しもばしらを
ふみました。
男《おとこ》の子《こ》が、くやしそうな　かおを　して　います。
ひろとは、男《おとこ》の子《こ》を　見《み》て、ふふんっと　わらいました。
それから、ひろとが、また　ほかの　しもばしらの
ところに　はしって　いくと、男《おとこ》の子《こ》も　あとを
おいかけて　きました。
こんども、ひろとが　先《さき》に　しもばしらを　ふみました。
それからも、ひろとは、男《おとこ》の子《こ》と　しもばしらの
とりあいを　しました。

サッカーボールを　とりあって
いるみたいで、ひろとは、
ちょっと　おもしろく
なって　きました。
いまの　ところ、三《さん》かい
れんぞくで、ひろとが
しもばしらを　ふんで　います。
四《よん》かい　れんぞくで、
しもばしらを　ふむ　ことが
できるでしょうか。

ひろとが、つぎの　しもばしらに　むかって　はしって
いた　とき、男《おとこ》の子《こ》が、うしろから　ひろとの
ランドセルを　ひっぱりました。
ひろとは、うしろに　ひっくりかえって、こおった　土《つち》に
うでを　うちつけました。

「いったぁ。」
男《おとこ》の子《こ》は、しまったと　いう　かおで　ひろとを
見《み》て　います。
ひろとは、なきたいくらい　いたかったのですが、
小《ちい》さい　子《こ》の　まえで　なくなんて、かっこわるくて
できません。
ひろとは、男《おとこ》の子《こ》に　せなかを　むけました。

「ごめん。だいじょうぶ？」

男《おとこ》の子《こ》が　はじめて　しゃべりました。

「だいじょうぶ！」

「おこってる？」

「おこってない！」

「じゃあ、どうして　いっちゃうの？」

「おくれそうだから！」

じぶんで　そう　いって、ひろとは、しゅうごうじかんに
おくれそうだった　ことを　おもいだしました。

「バイバイ。」

ひろとは、男《おとこ》の子《こ》に　手《て》を　ふって、おもての　とおりに

いこうと　しました。

男《おとこ》の子《こ》は、はたけに　つったった　まま　ひろとの

ことを　見《み》て　います。

「ねえ、ほいくえんには　いかないの？」

男《おとこ》の子《こ》は　くびを　よこに　ふりました。

「家《いえ》は、どこ？」

「しらない。」

「ここまで　どう　やって　きたの？」

「しらない。」

「おかあさんと　おとうさんは？」

「しらない。」

男《おとこ》の子《こ》は、なにも　しりません。

ひとりで　はたけに　おいて

いくのは　しんぱいです。
「ぼくと　いっしょに　お寺《てら》に　いこう。」
お寺《てら》に　いけば、じゅうしょくが
この　子《こ》を　あずかって　くれると
おもったのです。
ひろとが　あるきだすと、男《おとこ》の子《こ》も
うしろを　ついて　きました。
しゅうごうばしょでは、とうこうはんが、
いま、しゅっぱつしようと
して　いる　ところでした。

「あ、ひろくん、やっと　きたね。きょうも　おくれるかと
おもったよ。」

かんなが　にこっと　わらって　いいました。

「どうせ、また　おきられなかったんでしょ。」

みはるは、ちょっと　いじわるそうに　いいました。

「ちがうよ。はたけを　とおったら、この　子《こ》が　いたから。」

「どの　子《こ》？」

けいたが　ふしぎそうな　かおで、ひろとを　見《み》ます。

ひろとが　ふりかえると、そこに　男《おとこ》の子《こ》は
いませんでした。
「さっきまで、小《ちい》さい　男《おとこ》の子《こ》が　いたんだけど。」
「きっと、家《いえ》に　かえったんだよ。さあ、いこう。」
かんなが　そう　いうと、とうこうはんは、しゅっぱつ
しました。

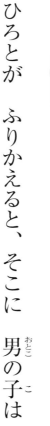

あるきだしてからも、ひろとは、男の子《おとこのこ》の　ことが
気《き》に　なって　いました。
「あの　子《こ》、まいごに　なっちゃうかも。やっぱり、ぼく、
見《み》て　くるよ。」
ひろとが、はたけに　もどろうと　するのを、じゅんやが
ひきとめました。
「だいじょうぶだよ。その　子《こ》って、ほいくえんの
ねんちょうさんくらいの　子《こ》で、みずいろの　シャツを
きてたでしょ。」
「うん。じゅんやくん、しってるの？」

「しってる。ときどき　出《で》て　くるから。」
「出《で》て　くる？　あの　子《こ》、おばけなの？」
「おばけなのかなあ？　よく　わからないけど、
さむく　なると　出《で》て　くるから、
冬《ふゆ》の　ようせい　なんじゃない？」
「ふうん、さむく　なると
出《で》て　くるのか。」
じゃあ、また　しもばしらが
できたら、いっしょに　あそべるなと
ひろとは、おもいました。

竹《たけ》の子《こ》が、にょきにょきと　あたまを　出《だ》しはじめました。
四月《しがつ》に　なったら、かんなは、中学生《ちゅうがくせい》に　なって、
ほかの　みんなは　学年《がくねん》が　ひとつ　あがります。
ひろとも　二年生《にねんせい》に　なります。
とうこうはんには、一年生《いちねんせい》が　ふたり　入《はい》って
くるそうです。
ひろとは、あたらしい　一年生《いちねんせい》の　おせわを
しっかり　する　つもりです。

だって、この　あたりは、ふしぎな　ことが
よく　おこりますから。

花里真希（はなざとまき）

1974 年、愛知県生まれ。カナダ在住。東海女子短期大学卒業。2015 年『しりたがりのおつきさま』で第 7 回日本新薬こども文学賞最優秀賞受賞。2019 年、『あおいの世界』（講談社）で第 60 回講談社児童文学新人賞佳作入選。そのほか著書に『スウィートホーム わたしのおうち』『ハーベスト』（ともに講談社）など。日本児童文芸家協会会員。

石井聖岳（いしいきよたか）

1976年、静岡県生まれ。『つれたつれた』（さく・内田麟太郎、解放出版社）で絵本画家デビュー。『ふってきました』（さく・もとしたいづみ、講談社）で第13回日本絵本賞受賞、第39回講談社出版文化賞絵本賞受賞。『おこだでませんように』（さく・くすのきしげのり、小学館）は、第55回青少年読書感想文全国コンクール課題図書に選定されている。近著に『みんなとおなじくできないよ』（さく・湯浅正太、日本図書センター）、『まってました』（さく・もとしたいづみ、講談社）、『どろんこおばけになりたいな』（さく・内田麟太郎、童心社）、『オレ じてんしゃ！』（ほるぷ出版）など。

わくわくライブラリー

ふしぎなつうがくろ

2024 年 5 月 28 日　第 1 刷発行

作　花里《はなざと》真希《まき》
絵　石井《いしい》聖岳《きよたか》

発行者　森田浩章
発行所　株式会社 講談社
〒 112-8001　東京都文京区音羽2-12-21
電話　編集　03 (5395) 3535
販売　03 (5395) 3625
業務　03 (5395) 3615
印刷所　共同印刷株式会社
製本所　島田製本株式会社

KODANSHA

N.D.C.913　79p　21cm

本書は書き下ろしです。
シリーズマーク／いがらしみきお　装丁・本文DTP ／脇田明日香
ISBN978-4-06-535027-0